3 CONTES CRUELS

Une histoire de Matthieu Sylvander
illustrée par Perceval Barrier

l'école des loisirs

11, rue de Sèvres, Paris 6e

Poireaux

Carottes

Macédoine

Poireaux

Au potager, les poireaux mènent en général une vie calme et monotone, un peu ennuyeuse même.

Ils n'ont guère d'autre distraction que le vent. Quand il souffle dans le potager, les poireaux auraient presque l'impression de courir dans les collines.

Mais les poireaux ne courent jamais ; d'ailleurs, ils n'ont même pas de jambes, seulement des petites barbiches ridicules.

Voilà pourquoi les poireaux, quand ils pensent que personne ne les entend, aiment tant parler de destinations lointaines et d'aventures exotiques.

Un jour, alors qu'ils sont en train de parler d'igloos, de phoques et d'Eskimos, ils remarquent soudain une grosse tête qui dépasse de la palissade. Ils sont un peu effrayés, ils n'ont jamais vu de tête aussi grosse.

Et en plus, cette grosse tête parle. Elle dit d'une voix très douce :

BONJOUR, JE PASSAIS PAR LÀ ET JE VOUS AI ENTENDUS DISCUTER.

J'ESPÈRE QUE VOUS NE M'EN VOULEZ PAS D'AVOIR SURPRIS VOTRE CONVERSATION ?

Les poireaux sont tout excités!
C'est bien la première fois qu'un inconnu s'intéresse à eux!

Les poireaux n'en croient pas leurs oreilles. Ils ont en face d'EUX,
leur souriant par-dessus LEUR palissade, un Renne du PÈRE NOËL?!
Une des personnes les plus importantes au MONDE?!?!
Les nerfs fragiles, terrassés par l'émotion, trois poireaux s'évanouissent.

Les autres se pressent contre la palissade,
et bombardent le renne de questions.

Oui, c'est bien lui qui tire le traîneau la nuit de Noël.
Il le tire même tout seul.

CAR JE SUIS TRÈS FORT.

Il habite dans un igloo avec une cheminée, et des rideaux aux fenêtres.

QUAND IL FAIT TRÈS FROID DEHORS, C'EST SUPER AGRÉABLE DE FAIRE UN BON FEU DANS UN IGLOO.

Il se nourrit EX-CLU-SI-VE-MENT de poissons qu'il pêche
à la manière eskimo, dans un trou percé à travers la glace.

Et il adore faire du ski sur la banquise ; il est très, très fort à skis.

Les trois poireaux émotifs s'évanouissent à nouveau, mais se relèvent tout de même très vite afin de ne pas rater le départ.

Voilà, nous arrivons à la fin de l'histoire. Les poireaux s'alignent avec ordre et discipline et, l'un après l'autre, traversent la palissade en se dandinant. Souhaitons-leur bon voyage!
Nul doute qu'ils reviennent changés de leur aventure…

… si toutefois ils en reviennent.

Carottes

Du carré voisin, les carottes ont suivi les mésaventures des poireaux.
D'abord, elles ont bien rigolé.

Puis elles ont commencé à se poser des questions.

L'agitation monte, on imagine des mesures de protection.

Les idées se succèdent, mais les carottes ne sont pas vraiment expertes en stratégie.

Au bout de quelques heures de réunion,
tout le monde a oublié la question de départ.

Ça, c'est une idée!
Les carottes sont enthousiastes.

Belle trouvaille! Les carottes sont super fortes pour les trous!
Aussitôt dit, aussitôt fait: celle qui a eu l'idée est nommée chef,
et le travail peut commencer. Tout le monde participe:
les plus costaudes creusent, tandis que les autres font le guet
avec des mines de conspiratrices.

L'excitation est à son comble.
Un dernier petit coup d'œil en arrière, et voilà tout le monde dans le tunnel.
La chef marche en tête, en regardant bien où elle met les pieds
(sauf qu'elle n'a pas de pieds) (ce qui ne l'empêche pas de s'évader)
(comme quoi quand on veut on peut).

Soudain, le tunnel s'élargit.
Une voix au-dessus de leur tête leur dit :

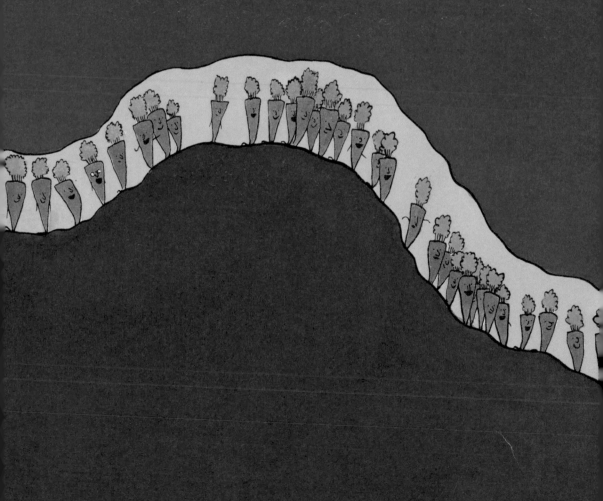

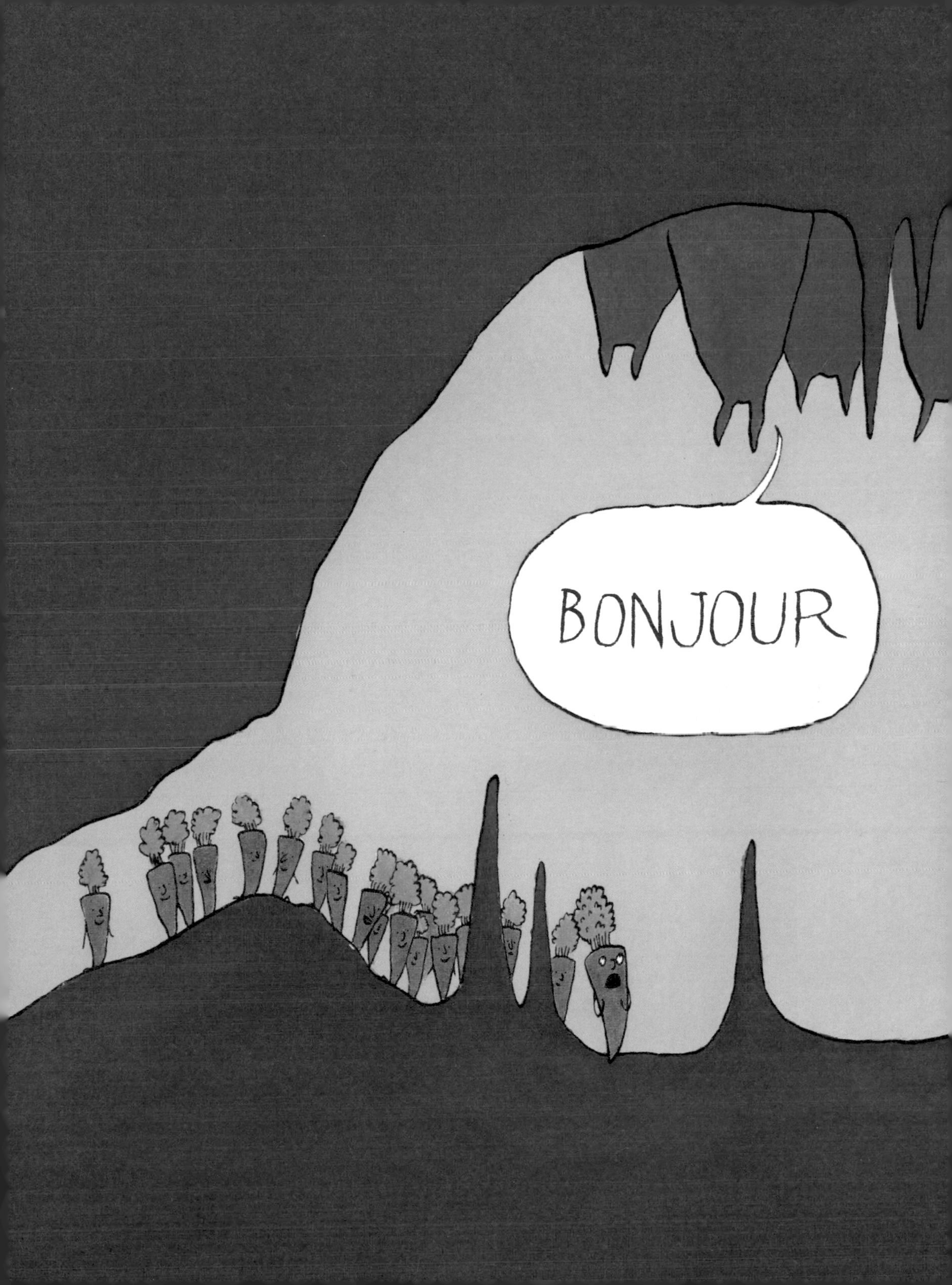
BONJOUR

Panique chez les carottes !
Qui a parlé ?
Est-ce un renne des cavernes ?
La chef s'interpose courageusement.

Des chauves-souris Ah bon. Un murmure angoissé parcourt les carottes.

Faire la fête? Quelle réjouissante perspective! Les carottes battent des mains (sauf qu'elles n'ont pas de mains), et s'empressent de demander des renseignements sur les festivités en question.

Peut-on rêver meilleure façon de commencer une nouvelle vie ?
D'étrenner une liberté conquise de haute lutte ?

C'est quoi une garenne ?

Une garenne, petite carotte, est un espace peuplé de lapins sauvages appelés "lapins de garenne".
Ah oui d'accord.
Et un lapin, petite carotte, tu sais ce que c'est ?

Macédoine

Les deux histoires qui précèdent sont, cher lecteur, des épisodes exceptionnels de la vie du potager. Dans leur grande majorité, poireaux et carottes poussent sans se poser de questions. Ils en tirent même une certaine fierté.

Roméo est un poireau différent.
Une mèche rebelle balaie son front ténébreux.

La nuit, quand les autres dorment, il quitte le carré des poireaux
et prend de la hauteur, en montant sur une échelle.

Là, il retrouve Julotte.
Julotte la douce. Julotte l'intrépide.
Julotte, la seule dans ce potager
qui comprenne vraiment Roméo.
Julotte la carotte.

ET ÇA, c'est un problème. Il est très mal vu, au potager, de fréquenter les autres familles. Les poireaux vont avec les poireaux, les carottes avec les carottes, les navets avec les navets : c'est ainsi, que peut-on y faire ? C'est donc en grand secret que Roméo et Julotte se retrouvent la nuit venue. Jusqu'au petit matin, ils regardent les étoiles et chuchotent tendrement.

Mais un jour, ce qui devait arriver arrive. Alors qu'ils sont sur le point de se séparer, après une nuit de tendres chuchotements, ils sont surpris par une patrouille. Et même deux patrouilles.

Aussitôt, tout le potager est au courant.
Pensez donc, un scandale pareil !
Un attroupement se forme,
poireaux d'un côté, carottes de l'autre…
… et les insultes ne tardent pas à fuser.

Le ton monte vite. Les deux familles avaient
visiblement beaucoup de choses à se dire.

Au fond, elles n'attendaient peut-être qu'un prétexte.
Roméo et Julotte sont déjà oubliés.

Il suffit de presque rien, d'une patate en l'occurrence, pour que la situation dégénère lamentablement, et pour que les légumes les plus raisonnables perdent leurs bonnes manières.

Fatalement, on en vient aux mains (enfin, façon de parler).

Voici de belles leçons à méditer!
La violence n'est pas une solution.
Rien ne sert de pousser, il faut partir à temps.
Au potager, tout finit par un bouillon.

Et l'amour triomphe toujours!

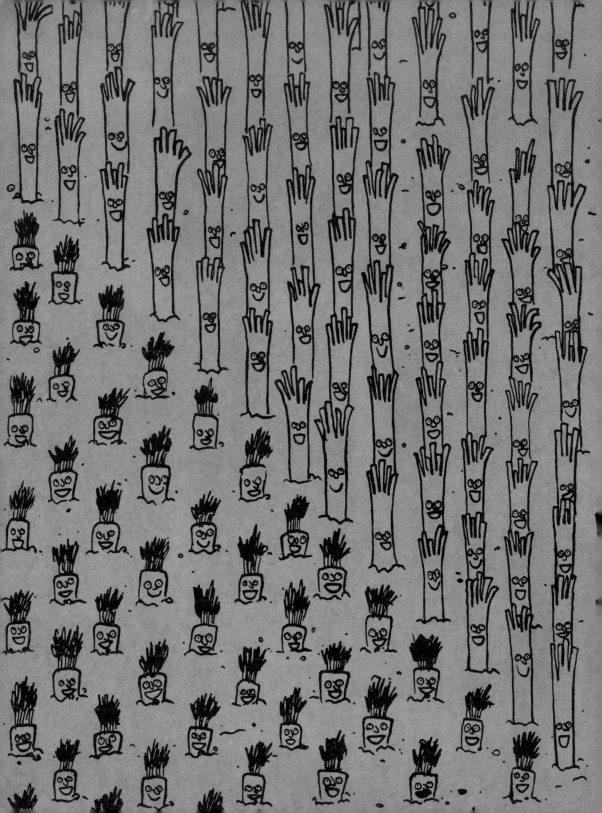

Pour Mamie Jeannine

Matthieu S.

Pour Françoise et Jacques Barrier

Perceval B.

© 2013, l'école des loisirs, Paris
Loi numéro 49 956 du 16 juillet 1949 sur les publications
destinées à la jeunesse : mai 2013
Dépôt légal : mai 2013
Imprimé en France par Clerc à Saint-Amand-Montrond
ISBN 978-2-211-21394-3